KB003645

모차르트의 변명

황금알 시인선 36

모차르트의 변명

초판인쇄일 | 2010년 06월 26일
초판발행일 | 2010년 06월 30일

지은이 | 박종빈
펴낸곳 | 도서출판 황금알
펴낸이 | 金永馥
선정위원 | 마종기 · 유안진 · 이수익
주 간 | 김영탁
디자인실장 | 조경숙
제작진행 | 칼라박스
주 소 | 110-510 서울시 종로구 동숭동 201-14 청기와빌라2차 104호
물류센타(직송 · 반품) | 100-272 서울시 중구 필동2가 124-6 1F
전 화 | 02)2275-9171
팩 스 | 02)2275-9172
이메일 | tibet21@hanmail.net
홈페이지 | http://goldegg21.com
출판등록 | 2003년 03월 26일(제300-2003-230호)

값 8,000원

ISBN 978-89-91601-85-7-03810

모차르트의 변명

박종빈 시집

황금알

사물들이 빛의 상상력으로 현현하듯
나는 빛의 상상력을 희망한다
사물들이 노래의 상상력으로 침묵하듯
나는 소리의 상상력을 희망한다

차 례

1부

눈, 폭설 · 12

황무지에 내리는 눈 · 14

불빛이 있는 황무지 풍경 · 16

선인장이 있는 황무지 풍경 · 18

달빛 수묵화 · 20

유 에프 오 · 22

모차르트의 변명 1 · 24

모차르트의 변명 2 · 25

모차르트의 변명 3 · 26

모차르트의 변명 4 · 27

모차르트의 변명 5 · 28

겨울밤에 쓰는 한 통의 편지 · 30

청령포에서 · 32

2부

바다가 보이는 해우소 · 36

석교초등학교, 봄 · 38

구공탄 · 39

품바시대 · 41

음악감상회 · 43

물이 스민다 · 45

세워서 보라 · 46

나팔꽃소나타 · 47

생리통 · 48

귤 · 49

소리, 노래와 울음 혹은 대화와 욕설 · 50

숲의 음양오행론 · 53

3부

파리 조서 · 56

4월, 사적四賊 · 58

몰운대에서 · 60

삼인칭 시대 · 61

시간이 내리는 몽상 속에서 · 63

이별 · 65

벽 1 · 66

벽 2 · 67

영화감상법 · 68

민들레 · 70

강 · 71

노을, 그 소리 · 73

통일전망대 가는 길 · 74

소리의 주인 · 76

4부

로또, 동상이몽 · 78

염화광자拈華狂者 · 80

어떤 산행 · 81

묵비권 · 83

구병리九屛里에서 · 85

나비 · 86

햇살 · 87

아기는 물을 좋아한다 · 89

해남이의 침대 · 90

칼로 물 베기 또는 시 · 91

화적花賊 · 93

버려진 화분 · 95

풍선 · 97

■ 해설 | 권정우
고독을 견디는 방법 · 101

1부

눈, 폭설

용서하라
용서하라고
눈이 내린다

사랑한다는 거짓말과
미워한다는 서로의 진심까지도
펑펑 웃으며 내리는 눈은
하나씩 하나씩
지상의 것들을 접수하여
낮은 곳으로 가고 있다

아집이 되어버린 원칙들
버리라 버리라
눈이 내리고
순교자의 피처럼
살아있는 모든 것들의 죄를 덮듯
또 눈이 내린다

잠시 눈은 눈 속에 파묻혀

따스한 꿈을 꾸기라도 하는 것일까
반짝이기까지 하며

한 치의 오차도 없이
눈 위에 눈이 내리고
지상의 모든 것들에게
용서하라
용서하라고
눈이 내린다

황무지에 내리는 눈

절망보다 깊게 욕설보다 가볍게 내리는 눈, 눈은 그렇게 지난 계절들에 대해 이야기를 시작했고 사람들이 지나왔던 길의 기억들을 더듬는다, 라디오 · 신문 · 텔레비전의 악성 루머와 진성 루머의 텅 빈 거리들, "이 도시는 손바닥이야" 역전에서 시청까지 붐비는 사람들, 파이오니어 · 에포크 · 랭카스터 · 블랙 조 · 빌리지 · 블랙박스 · 아가페 · 은모래 · 검은 돛배 · 배 · 배 "바이 바이"하며 어디든 잠시 거치다 헤어지는 귀가 길, 록큰롤 반주와 영화의 액션에 생기 넘치는 거리들을

언제나 영화는 지나치게 희극적이거나 비극적이지만 입회자 없이 검증은 끝나고 서둘러 눈발 뒤로 사라지는 어깨들, 유난히 크고 성긴 그대의 어깨는 지쳐있구나, 지쳐있었구나. 눈을 뜨는 네온사인이여 도시를 뒤덮고 있는 욕망의 잔해여 눈이 내리지 아니한가, 진절머리 나는 생각으로 몸을 떨듯 깜박이는 빌딩의 불빛 사이에도, 썩어가면서도 흐르는 강물 그 어느 다리 밑에도, "잊으라" "잊으라" 함구의 묵주들이 길마다 찍히는 본정통 · 먹자통 · 유락통, 그 어느 거리에도 밤을 적시며 무성영화의 한 장면처럼

우리들의 시가 한 시대를 얘기해주지 못할 때, 불빛 속에

서 도시는 어둠 쪽으로만 성장하고 우리들의 사랑이 조금씩 변두리로 쫓겨나고 있을 때, 저렇게 내리는 눈은 누구의 목숨인가, 절망보다 깊게 욕설보다 가볍게 내리는 눈, 그렇게 마지막처럼 첫눈이 내린다

불빛이 있는 황무지 풍경

버스는 질주한다
도로 끝은 무모함과 맞닿아 있고
비명을 지르며 뒷걸음치는 풍경들
멀리서 노을은
확성기를 앞세우고
신을 믿으라 소리치며 박수치는
길거리의 교주와 그 신도들처럼
절박하다

등대처럼 깜박이는 별들
누구에게나 죽음은 또 다른 침묵을 낳지만
우리의 한 생애가
끊임없이 태우고 태워
비추라고 있지 않았다면
저 불빛은 다음 세대에
무엇이라고 설명할 수 있을 것인가

반딧불을 따라 가다보면
두려움마저 아름다웠던 여름밤

손끝에 머물다
허공에 흩어지는 담배연기처럼
쓸쓸히 빛나고 있는
오래된 시 구절 위로 떠오르는 불빛
사라지기 전 나는 그것을
별
이라고 발음해 본다

선인장이 있는 황무지 풍경

모든 출발은 귀향의 동의어인가

술잔을 기울이면 길이 따라 기울고
보내지 않았던 편지 문구를
조각으로 흩뿌리며 닿았던 곳은
아이들이 쥐새끼처럼 쫓겨다니는 거리

묘지기처럼 구매자를 기다리는 상인들
하늘을 보지 못하고 나는 새는 모두 떨어진다는
평범한 사실에 경악하며

"난 이곳에 머물고 싶어"

대낮에도 졸고 있는 가로등
개울 따라 악착같이 몸부림치는 폐비닐
햇살이 쓸쓸하게 미소 짓는 유리창 속에
선인장이 촘촘히 가시 세우고 서 있다

무엇이라 명명하면 사라져버리는 사람들

우리들의 양식은 메뉴판의 목록이 아니라
따스한 국밥 한 그릇
반쪽이 된 낮달은 잠들지 못한다

전선줄에 간신히 매달려 기우뚱거리는 그대여
아름다움은 이름이 아니라
선인장 가시 위에 피는 꽃이라 중얼거리며

"난 이곳에 머물고 싶어"

달빛 수묵화

보름달이 그 빛으로
지상에
나무 하나
친다

폭설이 지나간 후
태풍의 눈처럼 고요한 방
유리창에
먹물 가득 머금고
노간주나무 한 잎
친다

내 잠의 중심부를 향해
바늘처럼 쏟아지던
내게 가장 흔했던 시간들
위로
화인火印이 찍히고

추울수록 뜨거워지는 욕망들

버리라, 버리라
보름달이
나 하나
친다

유 에프 오

그것은 너무 빨라서
몇몇만이 볼 수 있었으며
소읍의 대다수 주민들은 사실을 부정하였다
사진사가 촬영에 성공은 하였으나
그것을 찍은 사진은 희미했으며
전문가들도 단정을 내리기 어렵다고 말을 하자
사람들은 뒤에서 소곤거리기 시작했다
심지어 조작이라며 확실한 증거를 요구했으며
유언비어를 퍼뜨리는 위험인물로 관계기관에 고발하겠다고
협박 단체들도 생겨나기 시작했다
아이들이 신기해하며
사진사에게 말을 걸려고 접근하자
그 아비들은 무서운 표정으로 소리치며 달려들었고
새파랗게 질린 아이들이
모두 뒷산 반짝이는 별들처럼 숨어버리고
마을은 조용해졌으나
그것으로 끝이 아니었다
여전히 주민들은 술렁이며 잠들지 못했고
다음 날 의심의 해가 뜨자

무슨 대책기구를 만들어 투쟁을 시작했다
보지 못했거나 확인되지 않은 것이므로 진실을 밝혀 달
라고
그들의 믿음은 종교적으로나 도덕적으로 굳건하여
단식투쟁을 하는 사람도 생겨났으며
마을의 소란은 진정되지 않았다
결국 그것을 보았다는 사람들은 착각을 일으킨 것 같다며
사과를 했으며
사진사는 한 마디를 남기고 떠났다
"가장 아름다운 꽃은 아이들의 눈 속에 있지요"
아이들은 오랫동안 그 사진사를 기억했지만
주민들에게 남은 것은 의심의 씨앗뿐이었다

계속해서 뜨겁거나 흐리고 음산한 날씨처럼
불임의 꽃이 피었다 진다, 이곳 소읍은

모차르트의 변명 1

지리산의 하늘,
너무 깊어서 조금은 허락할 것 같은 불빛
너무 조용하여 조금은 허락할 것 같은 노래
내 오선지의 높은음자리표에
별들이 반짝이며 잠시 머물러 주었지만
낮은 곳으로만 자리 잡는 음표들
온음과 온음 사이 …
반음과 반음 사이 …
베토벤, 선생은 합창으로 완성했지만
나는 그 완성에서부터
다시 시작하고 싶었다
모든 사물들이 모였다가 다시
그들의 자리로 돌아갈 때
돌아가 이제는 반짝이는
순간
소리를 심지어 훔치고 싶었다

모차르트의 변명 2

빛이 빗처럼 몰려들고
또 하루가 시작되었다
발자국 소리에 사소하게 놀라는
버려진 음표들, 겨울 숲으로
내 미망의 산책은 시작되었다

빛이 빗질 잘된 여인의 머리카락처럼
나뭇가지 사이로 찰랑거리는 동안
빛과 음표의 빗,
빛과 음표의 빛,
겨울 숲 그 한복판에 놓아준다

모든 언어가 그 소리를 찾아 빛날 때까지
마저 버리리라

툭, 햇살 부러지는 소리에
숲의 눈처럼
중심의 소리에 귀 기울여야 한다

모차르트의 변명 3
— 마술피리 단상

대부분 성현들은
그의 아내와 적이 되었거나
사랑했던 여인과
끝내 결혼하지 않았다

콘스탄체
밤의 여왕이여
내가 사랑을 생각하고 있을 때
그대는 생활의 칼날을 갈고 있었구나

밤의 여왕이여 나에게 오라
나는 파파게노
나의 여인 파파게나여
사랑의 이중창으로 그대의 지친 속눈썹을
잠재우리니

모차르트의 변명 4

노래가 상층부에
꽃을 피워 올렸을 때
그 그늘에 나의 잠을 깃들게 하리

모든 변주를 생략하고
그 속도 비우며
느리게 가라앉듯
물속에 풀어지는 잉크처럼
희미해져 가는 소리의 씨앗들

아득하게
시간이 넥타이처럼 풀리는 저녁

동무들이여
이제 나에게 돌을 던져라
나는 주사위에 갇힌 소리들
나는 나를 던지리라

모차르트의 변명 5

틀림없이 누군가가 독을 먹였다*

언제까지나 기다려 주는구나
너는
믿음직한 시종처럼, 그러나
검은 옷의 레퀴엠 의뢰인처럼
정체를 알 수 없구나

클라리넷 협주곡과 프리메이슨 칸타타가
몸속에 퍼져나갈 때
끝낼 수 없는 음악이
뜨거움으로 눈물이 되는구나

너의 존재를 잊고 있었구나
나의 유일한 친구
치명적인 독이여
누구도 대항할 수 없는 필살기로
너는 기다려 주는구나

나는 지금
틀림없이 시간에게 중독되어 가는구나

* "Gewiss-man hat mir Gift gegeben"은 모차르트의 독살설의 근거로
  자주 인용이 되는 구절로 1791년 10월 중순경 모차르트가 아내
  콘스탄체에게 한 말이라고 함.

겨울밤에 쓰는 한 통의 편지

1

모두 잠들고 그대 먼 기억이 눈발로 지워지는 밤, 세상은 창틀 풍경 속에서 조용한 밤입니다 내 방의 불빛은 꺼질 줄 모르고 희디흰 불면은 종이 위에서 더욱 깨끗하여 몸서리 쳐집니다 꽃들의 기억, 비릿한 풀내음, 슬슬 우리의 옆구리를 간지럼 치며 흐르던 시냇물, 이러한 것들을 대숲 아래 몰래 묻어두고, 방문을 걸어 잠근 채 애써 외면했던 얼굴들, 추억의 발자국들을 편지 한 장에 담아봅니다 그러다 찢어버리고, 뼛속까지 스미는 한기, 새파랗게 비명 지르며 나뒹구는 댓잎 몇 개 책갈피에 끼워 넣기도 합니다

2

그리움에 지쳐 쓰러지면 눈발이 되고 눈발이 쌓여 무너지면 사랑이 되는 것을, 도로는 끊어져 있고 그대 얼굴마저 지워지는 폭설의 밤, 일어설 줄 모르는 언어, 일어설 줄 모르는 사물들, 조금씩 살 비비며 서로의 체온으로 잉크를 녹여내는 지금, 어둠은 밤이 될 수 없습니다, 어둠은 이제 밤만의 차지가 아닙니다 내 가슴속 불빛이 더 이상 눈물이 아니듯 새벽은 한발 한발 지상의 불빛을 점령해가기 시작합니

다 맨몸으로 일어서는 언어, 눈 위로 잉크처럼 푸르게 번져
나가는 그리움, 그래요 기쁨의 몸속엔 항상 슬픔이 내재해
있습니다, 우리들의 영혼처럼

청령포에서
— 우리가 바벨론의 여러 강변 거기 앉아서 시온을 기억하며 울었도다*

코끼리가 생의 끈을 놓으려고
그들의 무덤을 향하여
계곡을 지날 때처럼
너무나 즐거웠던 한낮,
나의 노래는 충분히 흥겨웠으므로
청령포
서강의 강변 거기에 앉아서
코끼리를 기억하며 울었네

난생 처음 본 서커스
유년의 이부자리까지 쫓아왔던
눈이 작아
큰 몸집만큼 눈물을 간직하고 사는
코끼리
나의 둘도 없는 친구여

산을 껴안으며 서강이 흐르고
강물 따라 달도 흐르는 곳
달빛 따라 내가 흐르고

눈물 따라 드러나는 청령포
서강의 강변 거기에 앉아서
울었네

* 시편 137편 1절

2부

바다가 보이는 해우소

○옆으로 마음의 문을 밀어보세요

　개인용 컴퓨터의 바탕화면처럼 네모난

○바다가 보이시나요

　갈매기도, 바위도, 멀리 소나무 숲이 아름다운 섬도
　프로그램처럼 뜨고 있다

○심호흡을 크게 세 번 하시고요

　마우스를 밀고 당기며 대상을 클릭하듯 시선을 고정시키고
　자판을 두드리듯 밀려드는 바람과 파도 소리를 듣는다
　잠시, 바다를 그리워하는 만큼의 간격으로
　마음 하나가 뚝— 떨어지고

○자 이제 다음 사람을 위해 깨끗하게 정리해주세요

　플래시 메모리의 모든 기억을 지우듯

망해사, 바다에 잠긴 절

○ **마음의 근심까지 모두 놓아버리셨나요**

창문을 통해 세상 모두와 연결되듯
한 겹 버린 마음, 그곳에 또 다른 바다가 뜬다

석교초등학교, 봄

봄 하나가 봄 여럿을 끌고 갑니다
봄 하면 봄 · 봄 · 봄 하고
발꿈치 들며 여기저기 피는 개나리들
아이들 키만큼 야트막한 담장을
봄, 봄, 봄 봄들이 마구 넘어가고 있습니다

봄 여럿이 봄 하나를 끌고 갑니다
봄 · 봄 · 봄 하면 **봄**하고
산이랑 들이랑 일제히 나팔 부는 꽃들
초등학교 아이들이
줄지어 봄을 끌고 가고 있습니다

구공탄

1

눈이 내린다 카페의 난로 옆에 앉아 눈처럼 떠도는 사람들을 내려다보는 그대여 귀 기울이라 그대의 눈 속에 가시지 않는 쓸쓸함, 나는 시를 읽는다

2

낮은 데로, 낮은 데로 내려가
뜨겁게 사랑하리

세상 시린 눈물 한 방울
다 마를 때까지

맨 몸으로 오체투지

눈 속에서 일어나는 검은 불꽃
연꽃처럼 타오르리

3

어머님의 생각이 눈물처럼 솟아나네요 고생만 하시다가
돌아가신 어머니, 눈물을 참으려니 소금기처럼 아버지가 제
눈을 찌르네요 아버지께 부엌칼을 들이대다 제 무릎을 찍었
지요 어머님은 가랑잎처럼 마당 한구석에서 우셨고, 아버지
는 아무 말씀 안 하시고 달빛처럼 방안으로 들어가셨지요,
눈물이 아버지처럼 뜨겁네요, 중년의 나이, 지난 세월이 그
래도 따스했네요

품바시대

백화점 근처
신호등 아래 서 있는 맹인 부부 가수
점자를 읽듯 더듬어 가는 음정과
손때 묻은 기타의 반주 마디마디에
허리 굽은 박자들이
서로의 몸을 기대고 서 있다

인파에 휩쓸리다 시민들은
빨간불의 쉼표 속에서
서로가 살아가는 것을 확인하며
주머니 속 동전 몇 닢과
가슴 속 사랑을 뒤적여 찾아본다

삶은 구걸이 아니거늘
우리들의 소리는 다섯 개의 줄 어디쯤
매달려 있는 것일까
백화점 쇼윈도의 화려한 우울들
일렬로 늘어선 마네킹들이
흰 얼굴 내밀며

횡단보도 건너편
끝낼 수 없는 노랠 듣는다

그냥 신호등이 되어버리는
맹인 부부의 키 작은 노랫소리
사람들은 각자의 파란불 켜들고
아스팔트 위 흰 선을 한 소절 한 소절
발건반 누르며 건넌다

부끄러움의 무게를 견디며
지상에 펼쳐지는
등 굽은 지팡이의 화음
정확하지 않은 발음으로
동전이 떨어지고
소쿠리엔 어느새
우리들의 초라한 저녁이
가득 담겨져 있다

음악감상회

교차로 신호 대기 중
나란히 서 있는 차량들
옆 트럭의 소 두 마리가
코뚜레에 매인 줄과
실랑이를 벌이고 있었다

요번 신호를 받으면
통과할 수 있을까
담배를 피워 물고
창문을 열며
라디오 볼륨을 높인다

소들이
인사라도 하는 것일까
큰 두 눈을 끔벅이기까지 하며
잠시
묶인 줄에 의지하여 나를
바라봐 주었다

나는 듣고 있던
바흐의 무반주 첼로 곡을
더욱 크게 하여
그들과 함께 들었다

물이 스민다

땅에
나무에
공기에
물이 스민다

불덩이 같은 것이
내 몸을
꿈틀 가로지르며 흐르는 것은
그래서일까
강물이
끊임없이 넘실거린다

물이 스미자
여자는 무너지기 시작하고
물이 스미는 곳 어디에도
나는 없다

세워서 보라

세워서 보라
우산을 접어 세우면
비가 그치고
생각을 접으면
눈물이 고이는 것을

길들이 한곳에 모이는 순간
바람 따라 흔들리며
꽃이 피어있으리니

나팔꽃소나타

딸애의 피아노 교습시간
느낌표와 의문부호처럼 펴졌다 굽어지는
초등학교 1학년의 손가락은
오선지의 음표와 기호들을
1층 베란다 화단으로
신나게 외출 시킨다

느리게 또는 점점 빠르게
낮은음자리표 또는 높은음자리표처럼
한 마디씩 제 몸을 꼬며
나팔의 넝쿨들은
베란다 창문까지
사다리를 만들고 있고

약하게 또는 점점 세게
나팔꽃이 펼쳐지기 시작한다
넝쿨 없이 꽃 피는 세상
딸애는 희거나 검은 건반으로
나팔꽃, 제 꿈을 힘차게
그리고 있다

생리통

천천히
달이 떠오르고 있었고
용광로 속에서
순하게 쇠붙이들이 흐르듯
낮게 낮게만 눈물짓는 아내여
시커멓게
버티고 서 있는
느티나무 아래
그래 안다
알아
어깨를 토닥거리듯
달빛이
내리고 있다
밤새워
달빛
달빛
내
리
고
있다

귤

말랑말랑한 것들이 천 원어치씩 모여
떨고 있다

아버지가 없어 추운 겨울
손자와 할아버지가 모여
떨고 있다

리어카에는 하루치의 삶이
백열등에 반짝이고

알몸이 알몸을 가려주며
자기들끼리 견디고 있다

소리, 노래와 울음 혹은 대화와 욕설

1

매미는 여름 한철 노래한다
버스의 엔진 소음과 차들의 경적 속에서
애원하듯 절규한다
큰 소리에
매미는 더 큰 소리로 울며
도박하듯 자신의 모든 것을 건다

2

그 남자에게 어떠한 일들이 있었을까
횡단보도와 인도의 중간에서
큰 소리로 삿대질하며 욕하는 사내
손과 눈은 길 건너편을 향하고
입은 인도 쪽이다
뜻을 알 수 없는 소리

날카로운 쇳소리에 사람들은 무표정이다
그의 목소리 데시벨이 높아지면서
안 들릴 때도 있었을까

놀랐다는 듯 날아오르다
갈 곳 없다는 듯
다시 모여드는 비둘기
굴종은 강요당하는 것이 아니라 견뎌내는 것
두려움은 배고픔을 이기지 못하는 것일까

사내도 공원이 접한 이 거리를
떠나지 못한다
스스로 학대하는 자는
누구에게도 학대당하지 않는 법
날지 못하는 새처럼, 상처받은 짐승처럼
절규함으로써
사내는 이 거리의 주인이다

큰 목소리, 더 큰 삿대질,
더욱더 핏대를 세워 소릴 지른다

        3
다음 여름이 궁금하다

노래와 울음의 경계에 있었을 매미
여름 한철 전 생애를 소리에 바친 매미는
성공했을까

대화와 욕설의 경계에 서 있었던 남자
자신의 모두를 소리에 바친 남자가
안위할 생은 또 무엇일까

궁금하다

숲의 음양오행론

1
까치가 산책길을
내어준다

누구의 것도 아닌 숲
누구의 것도 아닌 좁은 길을
다람쥐도 내어준다

2
명분을 내세우지만
이해득실 없는 전쟁은 없다
선악의 판단은
공수의 구별만큼 쉬우나
한 번 일이 터지면
그것으로 끝이다

3
나무가 타지 않고 흙이 될 때까지
그리워하는 이유는

물이 흘러 바다에 이르고
언젠가는 다시
소나기처럼 가슴 벅차게
밀려오기 때문이리라

4

뱀이 길처럼 꿈틀
더 좁은 길 하나 만들며
돌무덤을 휘돌아 사라진다

5

나도 내어 주고 싶다
내 마음 속 쇠붙이 모두 내려놓고
보이지 않는 길
숲에게 나를 내어주고 싶다

3부

파리 조서

허공 한 점을 점하고
있으면서
파리는 온 사무실을 차지하고 있다
그 아래
무릎에 양손을 가지런히 올려놓은 사내와
컴퓨터 자판을 두드리는 그가
무성영화처럼 펼쳐져 있다
컴퓨터 화면의 불빛으로
확인할 수 있는 사실은 얼마만큼일까
어둠 저편에서 파지 난 서류처럼
문서 파쇄기에 갈려지는 사내의 말들,
쉬지 않고 깜빡이는 커서에
사내의 진술은
점점 짧아지고 모호해진다

　　　……
　　　……
　　　……

많은 사실들이 진실을 구축한다
그는 성가신 듯 일어나 사내의 말들을
공처럼 구겨서 파리에게 던진다
위-잉
빠르게 피했다가
제자리로 돌아오는 파리
그 아래
다시 머리를 조아리고 마주앉는 두 남자,
여름의 늦은 밤 끈끈한 땀으로
말들은 지치고 쉽게 부패한다

허공 한 점을 점하고
세상을 향해
분당 수천 타의 속도로
자판을 두드리고 있는 파리,
또 다른 조서

4월, 사적四賊

푸른 잎의 노동 없이
꽃 피는
4월,

외국에선
대통령이 섹스스캔들로 위기에 처하자 그의 여자는 더욱
인기가 상승한
　적이 있었다.
　책이 테러를 만들고, 테러가 책을 만들었던
　적이 있었다.
　잔인한 4월, 어느 시인의 말이 역사가 되고 전통이 되어
버린
　적이 있었다.
　종교가 전쟁을, 전쟁이 종교를 더욱 확대시킨
　적이 있었다.

그리하여
훼파하라
훼파하라

언어의 노동 없이
시가 쓰여지는
4월,
훼파하라

몰운대에서

혼자인 게 좋다
흙을 디디지 않고서도 한 오백 년 버티어온
저 소나무처럼
하늘 쪽을 지향하는
고집 센 가지는
푸른 기억과 침묵의 시간들이거니와
가시만 남은 채
앙상하게 앙상하게

모두들 지상의 마을로 내려간 저녁
몰운대 바위에서
혼자인 이 순간
우듬지에 빈 하늘 걸어두고

삼인칭 시대

1
출근길에 항상 보는 그 개
모퉁이를 돌려면 언제나 이삼 분씩 마주 오는 차들과 실
랑이를 벌여야만 하는 좁은 도로 가의 목수 집 그 개
잿빛 털이 누런 털에 군데군데 박혀있는 세파트 잡종
목줄이 짧아 움직이는 반경이 한 걸음밖에 안 되는 그 개

그 길을 지나다 보면 언제나 그 개와 눈이 마주쳐진다.

2
버스 뒷좌석, 창가에 앉아 있는 그 사람
비좁은 앞길에서 항상 마주 오는 차들과 한참 실랑이를 벌
이다가 간신히 빠져나가는, 털털거리는 버스 안의 그 사람
근시안의 안경에 구름이 잔뜩 낀 눈빛의 샐러리맨
구멍 막힌 코처럼 콩콩거리는 버스 안의 그 사람

버스를 쳐다보고 있으면 언제나 그 사람과 눈이 마주쳐진
다.

3

서로가 서로에게 삼인칭인 그들
또 시작되는 하루

시간이 내리는 몽상 속에서

비 오는 날
사랑은 각자의 우산을
하나씩 준비한다
가로수가 잎들을 적시며
슬픔을 키워 가듯
우울 속에 갇힌 공중전화는
투명하게 얼굴 내밀고,
침묵의 손들이 닦아내는 하늘가
유치원생들이 붕어처럼 재잘거리며
유채색 물감을 흩뿌리고 지나간다
서투른 기교로 번지는 노란색 혹은 분홍색
몽상들

비 오는 날 우산은
가릴 곳 없는 거리를
서성인다
맑은 물빛으로 버스를 기다리는
흰 목덜미들
비가 이렇게 내리는 것은

우리가 어디서 오는 것이 아니라
어디로 떠나야 하는 것임을
구름은 속삭이고 있는 것인가

내 사랑만큼 펼쳐질
공간
비에 젖고 있는가
빗물 속에 잠들어 있을 사랑
우울한 몽상
발 내리면 한꺼번에 무너질 이름이여
작은 방울들이 흘러내리는 순간
유리처럼 투명하게 세상을 내다본다
비 내리는 날
시간에 젖어있는 몽상 속에서

이별
— 정월대보름

그대 떠난 자리에 아이들은 불을 피워 올리며 깡통 돌리기에 여념이 없습니다. 마지막 성냥개비를 그어 버릴 때 내 우울은 깡통 속의 잘 키워진 불꽃처럼 그러나 먼 포물선을 그으며 개울가 저편으로 사라졌습니다. 환호성을 지르며 날뛰는 보이지 않는 목소리들, 화륜 속에 언뜻 내비치기도 하는 얼굴, 절망으로 차라리 뜨거운 가슴이었습니다. 불길이 커질수록 어둠의 속눈썹이 점점 짙어만 가고 눈발처럼 산야를 헤맸던 나날들, 그대는 출렁이는 바다였습니다. 파도와 파도 사이에서 끊임없이 익사를 꿈꾸던 저는…

그대 떠난 자리에 아이들이 불을 피워 올렸고, 불꽃이 남기고 간 텅 빈 소란 속에 보름달이 불끈불끈 자꾸 솟아오릅니다.

벽 1

　나는 담배를 피우려고 찬바람을 조금 비켜 벽 쪽에 가깝
게 붙는다
　병신 같은 새끼 너도 형이냐 작은아버지는 원색적인 욕과
함께 큰아버지에게 삿대질을 하며 멱살을 잡았고 조카들은
그림자처럼 주위를 에워싸고 있었다 70이 넘어선 작은아버
지는 제사와 차례 때만 되면 50여 년 전 나누지 못한 재산,
땅을 달라고 저런다 우리들이 누울 한 평의 땅, 그 깊은 곳
에 간직하고 싶어 하는 불꽃은 무엇일까 향이 제 몸을 태우
며 스며들고 싶어 하는 곳은 또 어디인가
　추녀 끝 곶감은 끈에 묶여 햇빛으로 지난 세월을 말리고
있다 벽에 펼쳐지는 흑백의 담론, 아지랑이인가 현기증인가
　나는 찬바람을 피하려고 벽 쪽에 더욱 가깝게 붙는다

벽 2

담장에 갇혀
햇빛에 외로움을 녹이는
어느 맑고 추운 겨울날
벽 속에 있는 내가
그립다

영화감상법

심야의 숲에 들면
어둠은 그 문을 열어 놓고 기다리고 있었다

극장에서 쓸쓸히 죽어갔던 어느 시인은
조각공원 옆 소나무 숲에서
혼자 운 적이 있었을까

모두가 반전을 기대하며 팝콘을 녹이는 동안

혼자서 진달래 꽃잎 같은 눈물 흘리고 나면
어둠은 오히려 형제처럼 다정스러워라

눈물 없이 한 편의 영화가 완성되었다면
그것은 이미 오락성 흥행물이라는 것이다

눈물 다음에 오는 외로움이 없었다면
어차피 그것은 삶이 삼류 멜로드라마라는 것이다

그대여 오늘,

혼자서 영화감상을 해보시라

어둠의 문을 열면
숲은 늘 기다리고 있었다

민들레

한 번은 언덕을 미치도록
날뛰고 싶었다

익명으로 피었다 지는 도시의 꽃이여

끝내 황금빛 욕망을
들에 언덕에 물들이고 싶다

강

사람들은 누구나 강을 갖고 있지
마음속의 흐느낌을
갈대의 휘파람을 간직하며
어둠 속에서
혼자만의 언어로
얘기하고 있지

마을의 잠 속으로
유년의 안개는 내리고
모두들 조용히
귀 기울이고 있는 하구의 강이여
날개를 접은 강물들
말할 수 없는 것들이 물이 되어 흐르듯
기나긴 울음을 간직한 채
철새들의 흰 깃털 사이사이
하늘을 품고 있지

강안에 누워있는 목선과
조개껍질, 게들이 파 놓은

무너진 구멍 위로
바다가 강이 되어
밀물과 썰물로 흐르고
별들이 나침반처럼 빛나고 있지
계절이 하나씩
물러가 쉬는 곳마다
강물은 또 별빛처럼 반짝이고

사람들은 누구나 강을 갖고 있지
달빛과 바람의 화음을,
조금씩 무너져 내리는 강둑과
강둑에 새로 핀
들꽃의 향기를 간직하며
바다로만 묵묵히 흐르고 있지

노을, 그 소리

깨어진 유리창 사이로
술에 절어 사내가 지나가고
구름이 부르는 노래
절망이라 부르지 마라
참으로 편안한 휴식은 죽음과도 같은 것
도시의 저녁은 물음을 상실한 채
불빛으로 떠돌지 아니한가
그러나 말하지 마라
오랜 침묵 뒤에 오는
어둠에 대해
얼굴 없는 신음에 대해
모두들 어디론가 바쁘게 사라지는
행렬 속에서
마지막까지 꽃 피우는
노을, 그 소리

통일전망대 가는 길

자식 같은 군인에게 검문을 받으며
우리는 애써 외면하고 있었네
화진포,
내려놓은 가슴마다
들쑥술 독한 향기가 진붉게 물들고,
아무 말도 하지 않았네

바람의 생각을
무수히 쥐었다 놓아버리는 갈대여
하늘눈을 찌르며
한 생애를 간직했던 소나무 숲이여
끊길 길에서
무너지며 흐느끼는 바다여

푸른 마음 하얗게 지워질 때까지
금강산은 그 손으로
우리의 어깨를 어루만지네
상처 입은 고운 얼굴
아파할 수 없는 님이여

그동안 우리도 아무 말 하지 못했네

소리의 주인

살아 있는 것들은
횟집 수족관에서도 파도를 친다
꿈틀거리는 욕망

상처 입은 바다 하나를 건져내자
소주가 또 출렁인다

사내가 잠시 칼질을 멈추고
주변을 맴도는 새끼 고양이

나눌 수 없는 것들이 서로의 편을 갈라
모이고

주인이 없는 도시
그래도 모든 소리에는
주인이 있다

4 부

로또, 동상이몽

햇살이 창 밖에서 곁눈질을 하고
있습니다.
스님이 수성 사인펜으로 점을 찍을 때
용처럼 놀란 햇살이
금방이라도 날아갈 듯 부르르 떨고 있습니다.
이미 결정되어진 일이나 사건들이
이제 와서 어떻게 된다고는
생각되지 않습니다.
길 건너에선 만삭의 여자가
벌써 무단횡단을 하고 있습니다.
세상의 모든 것들이
숫자로 기록되고 있는 이 시대를
나중에 태어날 아이들은 이해할까요
그렇다고 스님과 여인이
간통했다고는 생각지 않습니다.
누구에게나 하나씩은
소중한 사랑이 있는 법
아이들은 숫자로도 사랑의 추억을 기록할 수 있을까요

화畵 · 룡龍 · 정點 · 점睛
숨막히는 순간 마음 하나를 찍습니다.

염화광자拈華狂者

저녁 9시
산발한 백발의 노인이
연꽃 하나를 들고
텔레비전 뉴스 속으로 걸어 들어가자

화면을 가리거나
TV를 끄거나
미친놈이라고 소리 지르거나
……
그 중 하나가 빙그레 미소 짓거나

어떤 산행

1
고속도로에 들어서자
버스 안이 갑자기 술렁이며
술과 안주가 든 비닐봉지가 전해지고 있었다

2
기다릴 뿐이다,

눈망울이 큰 짐승은
울지도 못한 채
겨우 고개를 돌려
상처를 핥고 있었다
편도 이차선 고속도로 위
이차선과 숲의 경계에서
다리와 몸 일부가 부서져
기다리고 있는 짐승
증오를 배우지 못하였을 것 같은,
풀잎 하나 뜯을 때도
미안하다는 듯

감사하다는 듯
고개 숙여 겸허히, 그러나
귀를 쫑긋 세우고
아파하면 어쩌지 하며
하루의 일용할 양식을
얻었을 것 같은
목이 긴 짐승은

3
산 밑 주차장에 도착하자
버스 안이 또 술렁이었다

단풍으로 옷을 갈아입은 사람들
몇몇은 벌써 취해
버스 그늘에서 술판을 벌이고
운전사는 잠들어 있었다
그렇게 몇몇 남녀는 짝을 지어
산으로 가고

묵비권

"죄 짓는 것 같아서…"라고 하며
그 중에서 제일 뚱뚱한 사내가
남은 음식을 모두 먹는다
나머지 사람들은 모두
그를 보며
꿀 먹은 벙어리가 되고,
사실 음식을 남기는 것이 미덕인 때가 있었다
침묵은 배고픈 자의 몫이라고 생각하며
남은 죄를 모두 거두는
배부른 남자

"꼭 죄 짓는 것 같아!"
여자의 속삭임에
복권판매점의 형광등 불빛에
눈이 부시다는 듯
얼굴을 찡그리며 서두르는 사내
묵비권은 억울한 자의 절규라고 생각하며
숫자로 나열된 욕망들을
한 손에 쥐고

다른 한 손은 그 여자의 손을 꼭 쥐고
죄를 나눈다
배만큼이나 나온 죄

사실 침묵이 금인 때가 있었다

구병리九屛里에서

산그늘이 깊어질수록
한 줌의 햇빛으로도
삼가 저수지는 반짝인다
구병리 가는 길
절벽은 점점 뾰족하게 날 세우며
길을 지우고

나는 그림자
까마귀가 나를 쪼아댄다
흑염소의 그림자는
흑염소다

도시는 아이들을 가르쳤지만
구병리에서 나는 지워진다
도시는 나를 길들였지만
구병리에서 아이들은 흑염소가 된다

풍경을 지우자
검어진다

나비

내 어깨의 가벼움과 언덕의 한가로움
꿈꾸다 문득 깨어나서
길 가에 쓰러져 있는 지금
모든 폭력들이 가엾다

햇살
— 고故 박명용 시인에게

시인이 마지막으로 발표한
햇살이란 시를 보았네
오후 햇살을 따라
발길을 이리저리 옮기는
반짝이는 사랑을

산소 호흡기를 의지한 채
대학 병원 중환자실에 누워
햇살 몇 줌의 그리움으로
자신을 달이고 있었던 시인
오후 창가에서 늦게까지
반짝이는 생명을 보았네

이제 지친 날개를 접고
숲 속으로 잦아드는 햇살들
따스한 자리라도 마련해 놓은 걸까
오리나무 끝에 노을 걸어두고
조용히 사라지는 저녁 햇살들

바보같이
바보같이 길 위에서
또 하루가 저물고 있네

아기는 물을 좋아 한다

　내가 비둘기보다 참새를 좋아하듯 맨바닥보다 물속에 있기를 고집하는 아기, 내가 끊임없이 뭍의 법칙에 대해 알려주지만 가구의 모서리 등에 몇 번씩 머리를 찧고 울어버리는 아기, 내가 문서로 사람들과 만나 업무협의하며 술 마시는 것보다 그냥 아는 사람들과 술 마시며 얘기하는 것을 좋아하듯 백화점에서 장난감이라고 사주는 것보다 볼펜·책·라이타·헤어드라이어·리모콘·수저·젓가락·포크·화장지 등을 갖고 놀기를 고집하는 아기

　나와 아내까지 아기의 장난감이 되어서 비로소 이름을 얻듯 방 안의 모든 것들이 아기가 손을 댐으로써 최초의 사물이 되고 용도를 획득하자 어둠의 먼지 떨어버리고 기지개를 켜나니 컵과 대접과 접시와 대야와 목욕통과 댐 속에서도 물은 흐르고 싶어 하듯 아기는 하고 싶어 한다, 맨 처음 방 안의 것들과 눈이 마주쳤을 때 떠올랐던

　그 장난 혹은 놀이들을

해남이의 침대

광남이 동생 해남이
돌 갓 넘은 해남이
뒤뚱뒤뚱 걸음걸이
넘어지면 기어다니다
우체국 손님용 소파에 와
조용히 누워본다
엄마가 쫓아와 데려가고
……
쫓아와선 또 데려가고
"아가들은 폭신거리는 것을 좋아하지요"
"저도 어렸을 땐 갓 말려 논 세탁물더미에 많이 뒹굴었지요"
여직원의 괜찮다는 말에
웃음 지으며
해남이를 데려가는 앞집 아줌마

이제 어둠만 남기고 모두
돌아가 버리면
눕고 싶다 나는, 외등이
비추고 있는 해남이의 침대에

칼로 물 베기 또는 시

텔레비전을 보며
사과를 깎는 아내여
다른 여자와 내가 통하였다고
사과의 머리를 칼로 툭 치며
내 사과를 깎아내는 아내여

시 쓰는 게 연애질이 아니며
이메일을 주고받는 게
음란한 채팅이 아니라는
결론을 내리기 위해
얼마나 많은 칼과 물이 필요한 것이냐

자르거나 깎아 버리지 않고
어떻게 우리가 여기까지 왔겠느냐
사과 반쪽을 다 먹고 나니
단단한 씨가 남는다
그 씨를 손톱으로 툭 쳐 아내에게 보낸다

호기심 많은 아이처럼 반짝이는

까만 것
쪼갤 수 없는 것이
언젠가는 스스로 그 마음을 열어
한 세상 우뚝 서려는 듯
침묵으로 오랫동안 화답하는구나
훤한 이마 감추지 않는구나

화적 花賊

고추화초, 청양에서
근무지를 옮겨올 때
씨앗으로 따라와
아파트 베란다 앞 화단에서
첫 화장을 하는 예비숙녀같이
새침 떠는 고추화초,

하늘빛 조명 아래
울긋불긋 더욱
화장발 받는 고추화초,

간밤에 서너 포기 가출했다

"이리와 봐, 누가 밤새 훔쳐 갔나봐"
아내의 말에 나는
"바람났겠지, 그냥 둬" 하며
그 도둑을 대견해 했다

장인 장모가 그랬을까,

도둑놈처럼 뺏어다가
타지에서 아옹다옹 사는
사위에게
또 그 도둑놈과 한통속이 되어
안부전화도 안 하는 딸에게

고추화초 뽑힌 자리
구멍을 흙으로 덮어주며
남아있는 놈들에게
물을 한번 주어본다

버려진 화분

월급날
생활비를 인터넷으로 송금했다는 전화에
고맙다는 아내의 말을 들어본 적이 있는가
멀리 있어
지구 반대편에 있는 것 같은 착각
기러기 아빠도 아니고
독신주의자도 아니고
그저 평범하게 남들처럼 살아온 한 남자가
오늘, 낯설다

덩굴은 오른다
지지대를 타고 오른다
벽에 잠시 머물며 놀다가
전봇대도 휘감아 보고
장난도 지치면
쓸쓸하거나 버림받고 죽어가는 화분의 나무
들에게 위로의 푸른 잎 하나씩
꾸어주기도 한다
잎으로 입맞춤 해 준다

화분의 나무,
전봇대도 나무가 되고
벽도 잘 가꾸어진 정원의 일부가 된다
깔깔거리는 아이들의 목소리가
잎 속에서 튀어나올 때마다
꽃이 피고, 그때

나는 알았다,
세상
버려진 존재는 없다는 것을
잎의 생각은 언제나 푸르다는 것을

풍선

아이는 울고 있다
구름 한두 조각으로 꽉 차는 하늘
아래
아파트 놀이터
전선줄에 걸려
풍선이 몸부림치고 있다
가로등이 외로움으로 눈을 뜨는
저녁
아이는 혼자 울고 있다

기다림이란
우리 모두에게 부여된 힘
풍선이
혼자 울고 있다, 머리를 하늘로 향하고
그리하여
희망의 관성은 슬프기까지도 하다

*해 설

고독을 견디는 방법

권 정 우(문학평론가 · 충북대 교수)

몽테뉴는 '마음을 (몸으로부터) 끌어내어 제 자신에게 돌려주는 것'을 외롭고 쓸쓸한 것, 즉 고독이라고 했다. 관습에 따라서 행동할 때나 세속적인 욕망을 실현하기 위한 행동을 할 때에는 마음이 육체에 종속된다. 마음을 육체에 종속되게 하지 않고, 자기가 옳다고 여기는 대로 행동하는 것, 자기가 소망하는 것을 그려보는 것이 몽테뉴 식의 고독이다. 개인들에게 관습적 행위가 강요되고, 욕망에 있어서조차 집단의 욕망이 아니면 금기시되는 사회에서 고독은 정신적인 자유를 의미했다.

전근대 사회와 비교할 때 근대나 탈근대 사회는 개인들에게 생각할 수 있는 자유, 느낄 수 있는 자유, 욕망할 수 있는 자유를 무한히 보장해준다. 근대나 탈근대 사회와 같이 정신적인 자유가 보장되는 사회에서는 누구도 고독을 정신적인 자유라고 여기지 않는다. 인간은 태어나면서부터 죽을 때까지 혼자 살아가야 하며 다른 누구와도 하나가 될 수 없는 존재이다. 따라서 고독은 인간 존재가 지니는 비극적인 운명으로 인식된다.

근대나 탈근대 사회에서 살고 있는 사람들의 행동은 대부분 고독을 견뎌 내거나 극복하려는 시도라고 보아도 무리가 없을 것이다. 박종빈 시인의 시집에서도 고독은 중요한 화두이다. 이 시집의 대표시라고 할 수 있는 세 편의 시 「버려진 화분」, 「몰운대에서」, 「달빛 수묵화」를 예로 들어서 시인이 가지고 있는 고독에 대한 생각과 그것을 견뎌내는 방법에 대해 살펴보기로 하자.

> 월급날
> 생활비를 인터넷으로 송금했다는 전화에
> 고맙다는 아내의 말을 들어본 적이 있는가
> 멀리 있어
> 지구 반대편에 있는 것 같은 착각
> 기러기 아빠도 아니고
> 독신주의자도 아니고
> 그저 평범하게 남들처럼 살아온 한 남자가
> 오늘, 낯설다
>
> 덩굴은 오른다
> 지지대를 타고 오른다
> 벽에 잠시 머물며 놀다가
> 전봇대도 휘감아 보고
> 장난도 지치면
> 쓸쓸하거나 버림받고 죽어가는 화분의 나무

들에게 위로의 푸른 잎 하나씩
꾸어주기도 한다
잎으로 입맞춤 해 준다
화분의 나무,
전봇대도 나무가 되고
벽도 잘 가꾸어진 정원의 일부가 된다
깔깔거리는 아이들의 목소리가
잎 속에서 튀어나올 때마다
꽃이 피고, 그때

나는 알았다,
세상
버려진 존재는 없다는 것을
잎의 생각은 언제나 푸르다는 것을

                               - 「버려진 화분」 전문

　이 시의 시적 자아는 아내로부터 고맙다는 말을 듣는 순
간 자기가 버려진 화분의 나무처럼 고독한 존재라는 것을
불현듯 깨닫는다. 일상적인 상황에서 고맙다는 말을 들으면
시적 화자가 느꼈던 것과는 달리 고독감을 느끼게 되지 않
는다. 고맙다는 말은 서로간의 친밀감을 높여주고 듣는 이
로 하여금 자존감을 갖게 만든다. 고독감을 덜어줄지언정
고독을 느끼게 하는 일은 있기 어렵다. 그런데 시적 자아의
경우에서 보듯이 아내같이 가까운 사람으로부터 듣는 고맙
다는 말은 일상에서와는 전혀 다른 결과를 낳는다. 고맙다

는 말은 아주 가까운 사이에서는 쓰지 않는 말이므로 아내가 시적 자아에게 이 말을 썼다는 것은 시적 자아를 멀게 느끼기 때문일 수 있다. 그렇지 않다 하더라도 가까운 사람으로부터 듣는 이 말이 낯설어서 시적 자아가 스스로를 아내로부터 먼 존재로 느낄 수도 있다.

가까운 사람에게 낯선 사람으로 취급당하거나 가까운 사람이 낯설게 느껴진다면 스스로를 버려졌다고 여기는 것은 당연하다. 시적 자아에게는 누군가로부터 버려진 상태가 고독이다. 고독한 존재는 자기가 누군가에게서 버려졌다고 느끼며, 버려진 화분의 나무처럼 쓸쓸하게 죽어간다.

버림받은 것을 고독이라고 하면, 고독으로부터 벗어나기 위해서는 버림받지 않은 상태로 돌아가야 한다. 그런데 버림받았다는 판단은 사실의 차원인 측면도 있지만 해석의 차원이 더 중요할 때가 있다. 버려진 화분에 있는 나무는 아무도 관심을 가지지 않을 때 진정으로 버림받은 것이다. 따라서 죽어가는 나무에 덩굴이 올라가서 살아있는 것처럼 보인다거나 누군가로부터 관심을 받으면 버림받았다고 하기 어렵다. 버려진 것이라 해도 진정으로 버려진 것은 아니므로 시적 자아는 세상에 버려진 존재는 없다고 말한다. 시적 자아는 가족(아내)이 멀게 느껴졌을 때 자기가 버려졌다는 생각을 했으므로 그가 느낀 고독은 가족이 가깝게 느껴지면서 해소된다.

그런데 누군가로부터 버림 받은 상태를 고독이라고 하면 고독의 본질을 왜곡할 위험이 있다. 고독의 본질은 몽테뉴가 말한 것처럼 영혼이 자유로운 상태이다. 외로움과 쓸쓸함은 영혼의 자유를 얻는 대가로 지불해야 하는 부수적인 것이다. 자유로운 영혼은 개성이 강하고 유동적이어서 다른 영혼과 오랜 시간 합일을 이루기 어렵다. 따라서 자유로운 영혼을 지닌 사람은 누군가로부터 버림 받지 않았다하더라도 외로움과 쓸쓸함을 느낄 수밖에 없다.

다른 사람들과 하나가 되기 위해서 노력함으로써 고독에서 벗어날 수는 있지만 그것은 어디까지나 일시적이고 피상적인 방안에 지나지 않는다. 고독을 피해가지 않고 이것과 정면으로 맞닥뜨리는 방법이 오히려 현명할 수도 있다. 박종빈 시인의 시 「몰운대에서」는 고독을 인정하고 견뎌내려는 자세를 취하고 있다는 점에서 위의 시보다 한 단계 성숙한 모습을 보여준다.

혼자인 게 좋다
흙을 디디지 않고서도 한 오백 년 버티어온
저 소나무처럼
하늘 쪽을 지향하는
고집 센 가지는
푸른 기억과 침묵의 시간들이거니와
가시만 남은 채
앙상하게 앙상하게

모두들 지상의 마을로 내려간 저녁

몰운대 바위에서
혼자인 이 순간
우듬지에 빈 하늘 걸어두고
　　　　　　　－「몰운대에서」 전문

　시인은 고독을 견뎌내는 상징물로 몰운대 바위에 뿌리를
내린 소나무를 선택했다. 흙에서 자라는 보통의 나무들과
달리 이 소나무는 흙이 없이도 살아간다. 누군가로부터 버
림받음으로써 외롭고 쓸쓸함을 느끼는 상태에 주목했던 시
인은 이 시에서 혼자 살아갈 수밖에 없는 인간의 운명에 주
목한다. 그리고 이것이 진정한 의미에서의 고독이라고 여긴
다.
　쓸쓸함과 외로움을 이겨내기 위해서 깊고 넓은 인간관계
를 유지하거나 권력과 부, 명예 등의 사회적 희소가치를 얻
으려 애쓰는 사람들과 달리, 혼자 살아가는 고독한 인간은
앙상한 소나무가지처럼 풍요롭지 못한 삶을 사는 것처럼 보
일 수도 있다. 그렇지만 자유로운 영혼을 지닌 존재가 느끼
는 외로움은 피하려 해도 피할 수 없는 것임을 고려하면,
소극적으로 외로움을 피하려 하기보다는 적극적으로 정신
적인 자유를 누리려하는 것이 현명하다고 할 수 있다.
　적극적으로 고독에 맞서는 방법은 박종빈 시인 식으로 말
하면 '하늘을 지향하는 것', 또는 '우듬지에 빈 하늘을 걸어
두는 것'이다. 근대나 탈근대 사회에서 태어난 사람들은 자
기들이 누리고 있는 정신적인 자유를 너무도 당연한 것으로

인식해서 그것의 소중함을 절실하게 느끼지 못한다. 그뿐 아니라 그들은 그것을 적극적으로 누리는 데에도 서툴다. 이 점을 고려하면 박종빈 시인이 정신적인 자유를 누리는 것을 고독에 맞서는 방법으로 제시한 것은 예사롭게 보아 넘길 수 없다. 그는 고독이라는 화두의 핵심에 깊이 들어와 있다.

'혼자인 게 좋다'는 시적 자아의 진술은 가벼운 수사적 표현이 아니다. 이것은 외로움을 이겨내려고 부단히 노력한 결과 어떤 방법으로도 외로움을 피할 수 없다는 것을 깨달은 사람만이 할 수 있는 묵직한 독백이다. 따라서 그가 말하는 '하늘을 향하기' 또는 '우듬지에 빈 하늘을 걸어두기'도 그에 비견되는 무게를 가지고 있을 것이다. 그것의 실체는 알기 위해서는 「달빛 수묵화」의 도움을 받는 것이 좋을 듯하다.

보름달이 그 빛으로
지상에
나무 하나
친다

폭설이 지나간 후
태풍의 눈처럼 고요한 방
유리창에
먹물 가득 머금고

노간주나무 한 잎
친다

내 잠의 중심부를 향해
바늘처럼 쏟아지던
내게 가장 흔했던 시간들
위로
화인火印이 찍히고

추울수록 뜨거워지는 욕망들
버리라, 버리라
보름달이
나 하나
친다

- 「달빛 수묵화」 전문

　달빛을 받으면 나무는 본래의 자기보다 더 아름다워지고
고귀해진다. 사람이 하는 일 가운데에도 달빛과 같은 것이
있다면 예술이나 사랑이 아닐까. 예술가들의 손을 거치면
자연은 더 아름다워지고 사람은 더 고귀해진다. 억지로 그
렇게 만드는 것이 아니라 자연과 인간에게 깃들어 있는 특
성으로부터 자연스럽게 그것들을 이끌어낸다. 사랑에 빠진
사람의 눈으로 볼 때도 세상이 달리 보인다. 마치 예술가의
눈으로 세상을 보는 듯하다. 사랑에 빠지는 것은 자기 안에
있는 예술가의 기질을 찾아내는 것일지도 모른다.

달빛은 나무만 아름답게 만드는 것이 아니라 밤 시간에 특별한 의미를 부여한다. 잠을 자는 시간이었을 뿐인 밤 시간이 보름달이 뜨면 낯설고 신비로운 시간처럼 여겨지듯이 예술 활동을 하는 시간은 평범한 일상을 영위하는 시간과는 질적으로 다른 시간이 된다. 이 시간만큼 인간이 자기의 정신적인 자유를 마음껏 누리는 시간은 달리 찾아보기 어려울 것이다. 정신적 자유를 누린다고 해서 고독으로부터 완전히 벗어날 수 있는 것은 아니다. 그렇지만 정신적 자유를 누리는 동안만큼은 고독을 느끼지 않을 수 있다.

예술로 인해서 사람들은 헛된 욕망으로부터도 자유로울 수 있다. 근대나 탈근대인들이 추구하는 욕망의 근원에는 고독이 있는지도 모른다. 고독에서 벗어나기 위해서 욕망에 매달리는 것이므로 시인의 말처럼 욕망은 추울수록 뜨거워진다. 고독에 대처하는 가장 효과적인 방법이 예술 활동이므로, 이것을 하면 자연스럽게 욕망은 줄어들고, 결국에는 욕망을 버릴 수도 있을 것이다.

정신적 자유를 제대로 누릴수록 고독을 느낄 겨를이 없어진다는 것을 시인은 잘 알고 있다. 앞서 언급했던 '하늘 향하기'나 '우듬지에 빈 하늘을 걸어두기'는 정신적 자유를 추구한다는 뜻으로 해석하면 자연스럽다. 예술이나 사랑과 같이 정신적 자유를 추구하는 행위는 그 자체로 숭고한 행위이면서 사람들로 하여금 고독을 견뎌낼 수 있게 하는 힘이 된다.

박종빈 시인의 시집에 실린 시들이 모두 고독과 관련되어

있는 것은 아니다. 그의 시집을 방이라 치면 고독은 그 방을 들여다보는 작은 문틈에 지나지 않는다. 다른 문틈으로 들여다보면 앞서의 문틈으로 봤을 때와는 전혀 다른 풍경을 발견하게 될 만큼 그의 방 풍경은 다채롭다. 그렇지만 어느 누구도 방문을 열고 방안을 들여다 볼 수는 없으므로 작은 문틈 하나하나가 소중하며 우리가 들여다보았던 문틈은 특히 더 그렇다고 생각한다. 근대와 탈근대를 사는 사람들에게 고독보다 더 중요한 화두는 많지 않기 때문이다.